Clemens Renker

Blühen Blumen Blau

Henry und Carla

Blühen Blumen Blau

ISBN Paperback: 978-3-7482-2292-7

ISBN Hardcover: 978-3-7482-2293-4

ISBN E-Book: 978-3-7482-2294-1

Stand: Januar 2019

© tredition GmbH

Halenreie 40-44

22359 Hamburg

Text: Clemens Renker

Illustrationen: Wahe Hovhannisjan

Lektorat: Kristina Folz

Inhalt

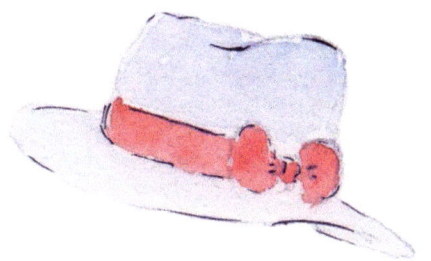

Alles wird. Neu.

„Schau, ich wachse gerade", ruft Carla in den Spiegel.

„Wo denn? Ich kann es nicht sehen", wundert sich Henry.

~

Lange schon herrscht Väterchen Frost. Unter Eis und Schnee hält er die Erde fest. So fest, dass Schneeflöckchen weich, weiß und tief darauf schläft. Allmählich aber blinzelt die Sonne wärmer herab. Bis sie eines Morgens Schneeflöckchen sanft und warm weckt. Im milden Morgenlicht wechselt es heimlich sein Kleid. Es zerfließt, wandelt sich zu klarem Wasserglimmer und taucht in die immer noch schlafende Wiese ein.

Carla und Henry drücken verwundert ihre Nasen an die Fensterscheibe. Noch mehr aber wundern sie sich, als das Gras ganz heimlich seine Hasenfellfarbe gegen ein freundliches Gurkengrün tauscht. Schon drängt sich der fette Löwenzahnstängel aus der feuchten Erde. Und die Sonne zieht ihn jeden Tag um eine Fingernagellänge mehr an das Licht.

„Schau mal, jetzt ist wieder alles anders als gestern!", ruft
Carla aufgeregt. „Ja, ganz anders", stimmt Henry ihr zu.
Hastig rennen sie in den Garten. Sie wollen genau erfahren,
wie sich da alles bewegt und wandelt.

Carla legt sich flach vor ein Gänseblümchen. Henry kniet vor
einer Schlüsselblume. Gespannt wollen beide sehen, wie die
Blumen wachsen. Aber sie sehen nur die zarten Blätter im
Wind zittern.

Bald werden beide ungeduldig. Dann fühlen sie sich so müde
vor Anstrengung, dass ihnen die Augen zufallen wollen. Nur
den lauen Wind des Frühlings hören sie leise in den Zweigen
rascheln.

Plötzlich öffnet Henry die schon fast geschlossenen Lider:
„Vielleicht können wir hören, wie das Gras wächst.
Den Traktor vom Nachbarn Dedi hören wir ja auch,
wenn er sich bewegt."

Also legen Carla und Henry
erst das eine Ohr an die eine
Blume; dann lauschen sie
mit dem anderen Ohr an der
anderen Blume. Aber nur
eine Lerche tiriliert hoch oben
über ihnen.

Da verlieren sie die Geduld. Sie laufen zurück ins Haus.
Im Flur schauen sie verstohlen in den Spiegel:
Sind wenigstens wir beide heute ein klein bisschen gewachsen?

„Vielleicht können wir riechen, wie Blumen wachsen", schlägt
Carla am nächsten Tag vor. Wächst eine Schlüsselblume honig-
süß, ein Gänseblümchen pfirsichsaftig?

Nein, die beiden riechen nichts als den zarten Duft der Blüten.
Henry nimmt jetzt den Stiel seiner Blume zwischen Daumen
und Zeigefinger.

„Fühl mal, Carla, wie dein Gänseblümchen wächst!"
Wäre Carla nicht müde geworden, hätte sie beinahe den
zarten Stiel zwischen ihren Fingern zerdrückt. Aber weder sie
noch Henry können erfühlen, wie die Blumen wachsen.

„Dann schmecken wir eben, wie Blumen wachsen." Henry
zieht und saugt mit spitzen Lippen den süßen Nektar aus dem
duftenden Blütenkelch und Carla lutscht an dem winzigen
samtenen Blütenblatt. Aber auch mit diesem Sinn können sie
nicht wahrnehmen, wie Pflanzen wachsen.

Als sie beide am nächsten Tag ihre Blumen besuchen,
sind diese schon wieder ein Stück gewachsen. Obwohl
niemand an ihnen gezogen hat.

Henry und Carla konnten weder sehen, hören, riechen,
fühlen noch schmecken, wie Blumen wachsen.

„Und doch wächst und wird alles", stellt Henry fest.
„Und alles wandelt sich ständig. Gar nichts bleibt",
ergänzt Carla.

~

„Ja, so schafft alles Leben dauernd eine neue Welt. Nur
Geduld", wirft Opa ein, „morgen pflanzen wir eine Linde.
In ihrem Schatten könnt ihr bald liegen und träumen."

Luft und Licht. Ohne.

„Schau, ich habe Sonnenlicht
eingefangen", jubelt Carla.
„Und ich habe den Wind
eingefangen", entgegnet Henry stolz.

~

Mit ihren Sinnen können Henry und Carla nicht erfassen, wie sich in ihrem Garten ständig alles ändert. So haben sie jetzt wenigstens linde Luft und loderndes Licht in ihre Zimmer mitgenommen.

Carla hält dafür eine offene alte Schuhschachtel in die tief stehende Sonne. Schwups fängt sie damit viele weiche und warme Sonnenstrahlen. Nun aber schnell den Deckel schließen! Jetzt kann das goldglänzende Lichtbündel nicht mehr fliehen. Ganz stolz und breit lächelnd trägt Carla die gefangenen Sonnenstrahlen in ihr Zimmer.

Henry hingegen schöpft mit einem offenen Gurkenglas aus der Luft eine Brise sanften Westwind. Als er das leise Geräusch des Windes im Glas vernimmt, dreht er eilig den Deckel zu. Dann trägt Henry seinen eingeschlossenen Wind mit einem glücklichen Lächeln zu seinem Nachtkästchen.

Carla liegt zufrieden in ihrem Bett. Ihr kommt es so vor, als wäre ihr Licht das schönste Leuchten der Welt. Es lässt alle Menschen lächeln. Die Augen der Kinder leuchten noch stärker. Die Margaretenblumen blinzeln noch heller aus der Wiese. Mit weit von sich gestreckten Gliedern räkelt sich die Nachbarskatze in dem Bündel goldgelber Strahlen. Selbst die Kaufbummelstraße grüßt lieblicher. Für Carla erstrahlt jetzt alles in neuem Zauber. Wie macht ihr Licht das bloß? Ist es magisch?

Neugierig will sich Carla ihr Licht nun genauer ansehen. Mitten in der Nacht öffnet sie vorsichtig die Schachtel. Kein Leuchten, nur Dunkelheit. In der Schachtel ist es so dunkel wie in ihrem Zimmer: ohne Licht.

Henry dreht aufgeregt sein Glas in der Hand. Er fragt sich: Mit welchen Winden wohl seine Luft vorher durch welche Länder getragen wurde? Vielleicht schlich seine Luft an Kamelen in Samarkand vorbei. Oder sie klopfte an die Fenster der Eremitage in Sankt Petersburg. Von dort über die Ostsee zu Onkel Stephan nach Hamburg. Vielleicht reiste sie von dort mit der Queen Mary über das weite Meer sogar bis nach New York. Oder tanzte seine Luft gar mit einem Indianerpony durch die Savanne?

Auf jeden Fall ist die eingefangene Brise für Henry etwas ganz Besonderes. Sie hat die Welt gesehen. Endlich öffnet er sein Gurkenglas. Er will seine Luft spüren. Aber sie ist weg. Kein Hauch. Da steht sein Glas nun: ohne Luft.

„Ich sehe mein Licht nicht mehr im Karton", ruft Carla.
„Und ich spüre meine Luft nicht mehr im Glas", ergänzt Henry.

Doch ohne ihre Luft im Glas und ihr Licht in der Schachtel spüren und sehen Carla und Henry doch Licht und Wind.

Da denken sie an die neue Waage in Omas Badezimmer. Sich selbst kann die Waage nicht wiegen. Aber ihre Nadel zeigt, wie schwer Henry und Carla sind. Jeden Tag.

~

„Ja, ja", murmelt Oma, „Haben und Sein sind nicht ohne. Licht und Luft sind stets gerade mein, und werden doch nicht mein. Aber denkt ein anderer, sie seien sein, bleiben sie ja doch nur zum Schein. Schon sieht sie der Nächste als sein, aber sie bleiben auch nicht sein."

Blauer Himmel. Fliegen.

„Können wir bis zu diesem Berg dort fliegen?" Carla zeigt über
Tal und Flur zum Sonnenaufgang. Dabei steht sie ganz fest
mit beiden Beinen hoch oben auf dem letzten starken Ast einer
großen Birke in Opas Garten. Mit einem Arm hält sie sich am
nächsten Ast fest.

„Nur Vögel können fliegen", antwortet
Henry. Dabei klettert er auf der Nachbarbirke
schon mit einem Bein zum nächsten Ast empor.
Währenddessen hält er sich mit zwei Händen
am Ast darüber fest. In den Wipfeln ihrer Birken fühlen sie sich wie himmelblaue Flieger im
Wind.

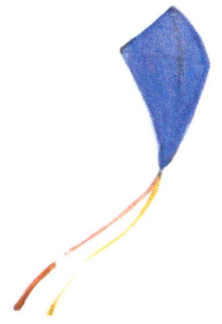

~

Schon lange ist der Nieselnebel-Rieselregen den Berg
hochgewalzt und mit großem Krach dahinter runter-
gerollt. Die blaue Stunde schaut schon durch die Fenster.
Henry wundert sich immer noch gern darüber, wie Carla
und er sicher die Birke hinauf- und wieder heruntergeklet-
tert sind.

„Du hast dir mutig selbst vertraut und dich auf die festen Äste des starken Baumes verlassen", klärt ihn Papa auf.
„Noch mal. Noch mal auf den Baum", drängt Henry und stampft freudig mit den Füßen.

„Jetzt ist es doch schon dunkel draußen", wehrt Papa ab. „Aber wir können auch hier fliegen. – Stell dich mit dem Rücken zu mir und lass dich nach hinten fallen!"

Henry stellt sich auf. Er streckt die Arme zu Flügeln aus. Vorsichtig schaut er prüfend zu Papa zurück, und – plumps – Henry lässt sich rückwärtsfallen.

Es kitzelt in seinem Bauch. Seine Wangen glühen. Die Haare sträuben sich. Schon meint er, mit dem Kopf auf dem Boden aufzuschlagen.

Da greifen Papas Hände schnell unter Henrys ausgebreitete Arme und fangen ihn sicher auf.

„Noch mal!" ruft Henry hellauf begeistert. „Oder fängst du
mich auf?", fragt Papa schmunzelnd und stellt sich in Positur.
Aber Henry ist vorsichtig. So groß ist seine Kraft noch nicht,
dass er diese Aufgabe stemmen kann. „Aber Mama kann dich
fangen", schlägt Henry schlau und listig vor. Mama breitet
gleich ihre Arme aus. Papa schaut, und lässt sich wie ein Brett
in Mamas Arme fallen. „Hoppa-la", rufen alle. Und Papa steht
wieder.

Begeistert stürmt Carla herbei. „Ich möchte auch fliegen!",
ruft sie. „Oder folgst du mir blind?", fragt Mama.
Carla staunt erst. Doch dann macht sie
interessiert mit. Mama bindet ihr ein
langes Tuch um die Augen, nimmt
Carla an der Hand. So führt sie
Carla behutsam durch die Küche zum
Wohnzimmer und um das Sofa herum.

Carla läuft vorsichtig wie durch frischen
Schnee. Anfänglich bewegt sie sich zögerlich, doch mit jedem
Schritt gewinnt sie an Sicherheit. Schließlich läuft sie
ganz geborgen mit. Als Mama das Tuch wieder
wegnimmt, finden sie sich vor ihrem Bett wieder.
Carla freut sich riesig über ihren Mut.

„Und jetzt führst du mich", schlägt Mama vor. Prüfend beobachtet Carla, wie sich Mama die Augen verbindet. Doch dann ergreift sie Mamas Hand.

Gemächlich geht sie mit ihr am Klavier vorbei, dann kehrt sie durch den Flur wieder zurück. In Carla breitet sich ein sonnenstrahlenseliges Gefühl aus. Fast meint sie, ihre kleinen Füße heben ab, als schwebten sie beide. Sie fühlt sich immer größer.

Denn Mama folgt ihr. Carla spürt den warmen Griff ihrer Hand.
Als beide im Bad angelangt sind, nimmt Mama das Tuch wieder
ab. Zwei Augenpaare strahlen einander im Badspiegel an.

~

Mit einem apfelkuchenwarmen Gefühl im Bauch fällt
Henry heute auf das seidige Fell seines Kuschelbären.
Auf feinen Federn trägt sein Bett ihn sicher durch die Nacht.

Carla fliegt noch. Aus ihrem Bett schwebt sie durch das Fenster
über die silbrigen Birken durch die Mondnacht über die Berge
in tiefen, blauen Schlaf.

Katze Nadeschda. Hoffnung.

Die dunkle Nacht weicht. Es däm-
mert langsam. Die Amsel ahnt den
Morgen und singt schon. „Hör,
Carla, sie freut sich bereits. Dabei
weiß sie sie doch gar nicht, dass
ein neuer Tag naht. Und ob der gut
für sie wird, weiß sie auch nicht",
wundert sich Henry.

„Mein Rosmarin streckt auch schon nachts blassblaue Blüten
aus seinem immergrünen Strauch heraus. Dabei weiß er doch
auch nicht, ob morgen die Sonne scheint", antwortet Carla.

~

Feucht, düster und kalt ist es im Treppenhaus des Hinter-
hauses. Auf einer steinernen Treppenstufe liegt ein Bündel
Tücher. Darin liegt ein Säugling eingewickelt.

Weiter oben, vor der Türe einer Wohnung, wartet mit sehn-
suchtsvollen und bettelnden Augen die Katze Nadeschda.
Sie hofft, dass ihre Babuschka endlich die Türe aufmacht.
Nadeschda friert. Sie hat großen Hunger.

Da erschrickt Nadeschda und zuckt zusammen. Sie hört unten das kleine Kind. Es weint bitterlich. Neugierig, leise, vorsichtig schleicht Nadeschda auf ihren samtenen Pfoten die wenigen Stufen hinunter. Dann stupst sie ihre Nase aufgeregt an das knufflige Balg. Doch das Kleine schreit noch lauter und noch bitterlicher. Nadeschda kreist schnurrend um den Säugling.

Dabei reibt sie immer wieder mitfühlend und beruhigend mit ihrem Kopf an ihm. Schließlich ringelt sie sich wärmend um den Säugling. Dabei miaut die Katze um Hilfe. Sie ruft immer lauter. Einmal tönt sie in hohen und einmal in tiefen Klarinettentönen.

So wimmern und miauen beide herzerweichend. Selbst die Wände weinen jetzt mit. Da horcht Babuschka auf ihrem Diwan auf. Aufgeregt schaut sie aus ihrer Wohnungstür. Als sie nach unten blickt, sieht sie, wie ihre Katze Nadeschda einen armen, hilflos verlassenen Säugling wärmt.

Erschrocken und zugleich voller Rührung schlägt sie die Hände vor dem Mund zusammen: „Nadeschda, du bist die Hoffnung!"

Sie ruft schnell die Polizei zu Hilfe. Mit schrillen Tü-ta-ta rast bald der Notarzt in den Hinterhof. Vorsichtig legt er den Säugling in eine Decke. „Alles wird gut", murmelt er, während er das Findelkind sicher in sein Auto bringt.

Nadeschda reckt stolz ihren Schwanz. Aufgeregt tritt sie von einer Pfote auf die andere. Dann schaut sie mit feuchten Augen dem wieder davonrasenden Wagen nach.

„Hoffnung ist wie unsere Amsel im Garten. Sie fühlt das Licht
der Sonne schon vor dem Ende der Nacht. Egal, ob die Sonne
dann hell aufgeht oder hinter Wolken schwebt.
Sie singt dennoch", sagt Opa.

„Ich trage einen Rosmarin mit mir", wirft Carla ein. „Er blüht
auch, wenn es dunkel ist. Er vertraut darauf, dass der Morgen
kommt."

Totto tot. Neu.

„Totto ist tot", sagt Henry.
„Wird er wieder neu?", fragt Carla.

~

Totto ist der Hase von Tante Waltraud. Totto ist schon graubraunfellalt. Totto ist schon lange da. Er war schon da, bevor Henry und Carla hier zum ersten Mal spielten.

Totto hoppelt und tänzelt. Er schnoppelt und schwänzelt, wenn Carla und Henry mit ihm im Garten herumspringen. Sie sind seine Freunde. Henry reicht ihm frisches Gras unter seine Schnuppernase. Und Carla lässt ihn frisches Wasser aus einer flachen Schüssel schlappern. Dann bibbern seine Ohren im Wind, weil er sich so freut.

Seit sieben Tagen aber scheint die Sonne nun schon sehr heiß;
sie brennt so heiß, dass Totto schwitzt und schwitzt. Kein Wind
kühlt ihn. Kein Regen erfrischt ihn.

Da zieht Totto einfach sein Fell aus. Totto legt sich in das tiefe
Gras unter einem Baum neben einem Graben. So schläft er dort
ein und schläft ganz ruhig, tief und fest. Und weil er schon sehr
alt ist und er noch dazu vergisst, sein Fell gegen die Abend-
kühle wieder anzuziehen und auch nicht daran denkt, sich in
der kalten Nacht zuzudecken, wacht er einfach nicht mehr auf.

Tante Waltraud legt Totto am nächsten Tag in ein weiches Erd-
bett neben einem Busch. Darüber pflanzt sie Blumen.
„Und jetzt?", fragt Carla heute Morgen, „ist Totto jetzt tot?"

„Ach Carla", beruhigt Henry; „erinnerst du dich noch an
unsere erste Geschichte? Wir kennen doch keinen Anfang.
Wir wissen auch nichts vom Ende. Alles ändert sich ständig.
Nichts bleibt. So lebt Totto in der Ewigkeit."

„Wir auch?" fragt Carla. „Ja, Carla, wir werden immerzu und leben zwischen ohne Anfang und ohne Ende. Wir wachsen und wandeln uns ständig. Wenn du morgen aufwachst, grüßt dich schon die Sonne neu."

Der Mond schiebt sich inzwischen hinter einer Wolke hervor und leuchtet mild auf Carlas Bett.

~

„Henry, schön dass du ...", aber da schläft Carla sanft, leicht und froh ein „... dass du mein Bruder bist", will sie noch enden. Und wieder verpasst Carla den Augenblick, in dem sie einschläft.

Warmer Wind fällt vom Fenster. Und alle Blumen blühen blau.

Über den Illustrator

Wahe Hovhannisjan ist Student an der Otto-Friedrich-Universität Bamberg und freischaffender Künstler.

Zeitfracht Medien GmbH
Ferdinand-Jühlke-Straße 7
99095 Erfurt, Deutschland
produktsicherheit@kolibri360.de